白T

吳 緯 婷　TINA WU

序曲

白

白的事物不是純潔，白是被弄髒的準備。
白不是白，白只是白的名字。
白願意給誰，他們就注定被弄成更模糊的樣子。
白不願意的時候，其他人就默默在心底慶祝。

白的婚禮——
被指定與光線聯姻，卻愛上有斑點的孩子。
白應該做他所有不應該做的事情。
白不懂悖論。白沒有可以比照的光譜。

白也想離開，有個性地前往憂鬱的熱帶。
但每當攜帶不屬於他的東西，總第一時間被發現。

白不避嫌，因為白君主專制，白本身就是特權。
白想到黑的時候——兩人皆欲言又止，
陷入是畸戀或是雙胞的困惑。
然後他們必須決定，這一次得開戰還是握手。

白不理解孤獨，只能盡情自私。
因為只要擁抱過一次——
白就不再是白，失去他唯一擁有的名字。

目次

心有靈犀

推薦

我始終相信，從山林裡回來的人，靈魂會變得不一樣。彷彿經歷一場大霧，世界從此有著溫潤的質地，或是從火堆裡抽出薪柴，重新書寫自己的名字。這一切都會使得感官變得敏銳，可以凝視萬物的核心，並且向人述說。緯婷為我們指出她走過的山徑與林間，也為我們轉述她看過的電影與展覽，這一切以詩意疊合技藝，使得她的文字如火苗，照亮意識裡的洞窟——幽暗且迷人的念頭就此朗現。

——林餘佐（詩人）

慶幸我們源自相同的河流，在這本詩集中匯聚。謝謝緯婷與我分享溪水、浪花、季節、戀情與人生。你寫詩我造字，是多麼美妙而浪漫的相遇！

——林霞（justfont字型設計總監）

在《白T》這部詩集中，電影裡有風景，風景裡有劇場，劇場裡有土地，土地裡有展覽，展覽裡有四季，四季裡有故事……吳緯婷創造了跨域的通感，而她要讀者與她一同實現這個狂喜的經驗。

——耿一偉（策展人）

《白T》是詩人所發出的熱烈邀請，從現實之地啓航，抵達另一次元；放棄肉身的拖累，起身走向精神的幻境。吳緯婷的文字精巧而亮麗，線條剪裁優雅，現代的美感中藏有古典的靈魂，且處處洋溢著自信的節奏，無論是寫自然之景、談電影、記華麗一瞬的展演，總能準確捕捉其中的情感，使得詩的核心深具穿透的能力，因而整部詩集閃閃發亮，讓人讀來捨不得移開目光。

——夏夏（詩人）

輕靈而夭矯，見廣且行深。《白T》揭露藝術的開闊面向，自然與創造如何彼此對話激盪，從而孕養出新的結晶，藝術從來不只是一己、一地、一代人的藝術。詩人大膽自揭底牌，是她選擇誠實對養分們致謝，同時仰仗對自我眼光與手藝的底氣。緯婷在這本詩集中再次確立了詩人作為創造者的身分，她所呼喊吟唱，乃是對創造的頌歌。

——栩栩（詩人）

出生蘭陽的緯婷，她的詩總有飽含水分的溫柔，像撲扇著透明薄細翅翼的精靈仙子，以魔法棒輕盈點擊，讓詩句在溪邊掬飲或正值花季，或毫髮無傷美美地觸著了閃電。她一字一句消融稠密擁擠，擴大山光水影所需的空間……。這本詩集含括她之前從事藝術行政的相關書寫與對照，於讀者而言，緯婷真的是幫我們找到靜謐所在，她沒有都會女子的霓虹哀傷筆調，這樣速度快不起來的閱讀，如逢小雨，我們不跑，就看見天空出現微微陽光。

——張繼琳（詩人）

山勢起伏

祝福

陰影來到
帶著幼鹿迷惘的眼睛
不為應畏懼的事物禱告
輕易踏過
充滿生息的溪流

將陌生之地，賦予名字——
荒野、聖域、錢庫
一個放逐的地方
一個經過之處
我都給他們祝福

遇到泥淖，有人嘗試
繞過空缺
有人自願深陷
一個掙扎的夢
安靜的光，不提供任何解答
只是持續照耀
葉片反射出
千百種能以發亮的詮釋

有些我正在跳躍
有些我在風中輕搖
有些我，是必要的火
寂靜地
完成生存與殺戮

他們陸續帶走
以為可以取得的事物
張揚的、謙遜的
義與不義的盜竊
但我一無所缺
以所有鳥的眼睛注視
並且給予祝福

木

霧氣生成
成為檜木的血肉
一株，接著一株
劃出山勢起伏形狀

他們是小心的部落
凝神細看，上山之人
手的動作

有人問過嗎？

對靜默得令人悲傷的森林
拋出一個問題
苔蘚預備好紙筆
溪水準備諦聽
漫長時光後
人們的自問自答

斷頭者
在夜裡狂奔
頑固者的腳印
布滿可疑的泥地

他們總向星空試探
向黑暗張望

二代木，依靠父親的傾頹
三代木，跨騎先祖身上
生活催逼他們
自由練習
死亡的賦格曲

如果你也向夜望去
如果也願意
面朝無主之地安放
就達成一種共識——
對於生滅、空缺及不可轉逆

脆弱如枯木之花
強韌如枯木之花

家族聚會

小說家的亂石
組合了整座山
野蕩旖旎的路徑

生活是土
時時有雨光臨
有時給人泥濘，有時
清澈甘甜的小溪

家族是藤蔓

熱烈生長的攀附者
以其愛與輕忽
共生、寄居
糾結最深
在夜晚細嫩的頸項

青斑蝶承載我們的喜愛
輕巧飛向另一處眼目之外
不知名的花叢
所愛之人，他們並不一定
具備被愛的形狀

偶爾會忘了，山的內心——
黑暗中彼此交疊的、

巨大沉默的土石
相互磨難，籌謀戲劇化的
消解與變動

那時我們將再度興奮地
走依稀有光的上山路
像趕赴一場
睽違的家族聚會

寂靜山徑

像山祕密的眼睛
淡綠色的蛙鳴
從最濕潤處
來回輕輕閃爍

行人揹著行囊，被東北季風
豐沛的雨勢
吹打如一行急急消逝的
潦草的墨跡

水湧在我們之上，水湧在我們之前
將眼前的石徑
布置成一條新鮮的
早秋氣味的溪流

雨水如林間鳥鳴，細密溫柔地
覆啄我們的前額
順流而下，而下
通過它熟悉的山谷

我們在那不可抗拒的
甜涼的撫摸中
成為一行泥土上荒裸的
突然甦醒的樹木

林間

一頂帽子
思想暫居的幽浮
浮空飄行人世
一道隱密不可見的軌跡

蝶狀輕巧，掀翅、飛起——
逆光向你接近
帽簷之下，淡影之下
欲蓋彌彰的眼神

深林間閃逝的珠光
螢螢
停駐在
水旁青翠的忍冬

金銀纖白的花朵，因懷藏祕密
孕出黑色的漿果
如同你望向我時，帽簷下
倏然歛目的黑眼珠

矮人的動態

夜晚，矮人們隨心所欲
在陰影恣意養著濕潤的蘑菇
可食的軟嫩真菌
抽長、抽長，在泥與水的境地

汙濘之中，提煉潔白
感染、寄生、變形
迅速膨大
曾微小的欲望

黑暗有聲音，濕潤有形狀
閉眼看見
矮人們忙碌穿梭，各個戴著
色彩鮮艷的小帽

山丘

漂亮的山丘是
亡者居住的地方
他們在意風水、景色
要住在一個
久久看，也會心情好的住家

他們也嬉戲、舞蹈，在沒人注意的時候
偶爾躲迷藏
山坡一路順風搖擺的芒草
是忘記藏起來的

花白的亂髮

獨占平原第一排，他們喜愛自然與有機
每日呼吸新鮮空氣
坐擁黎明晨曦與魔幻時光
各個立志比山下活人
還要過得健康快活

故者充滿故事，比放在面前的燈
還更火熱旺盛
蹉跎一生的
決定不再錯過這世
暢快一生的，開啓新遊戲般
躊躇滿志

吾等小輩，偶爾上山
布置酒水絮絮叨叨
他們只能盡力放空
不忍提醒打斷
以聆聽、以恆久沉默
繼續為我們提供心理諮商

魂靈什麼都知，什麼都聽
但事關機密，他們不說——
愛憎如何成空
金錢如何聚散如風
月光如何一晃、一晃，在寂寞的時候
變為酒

山頭有晴日，山頭有雨
他們看後輩來去
仇人、愛侶、友伴、怨偶
在小路上摩肩擦踵
一位僧人與一位牧師
狹路相逢的笑容

公園

——致香港友人

因為失語而踉蹌多時的地平線
不斷向前延伸
它是直的，又像是彎的
盲目的天鵝，嘶啞著嗓子
向空氣拋出懸念——
這是一個沒有孩子的星期日早晨

一個人走在那筆直無形的線條
簡單的事物往往暗藏玄機
他不能不多加思考

一群人喝采，要他成功
一群人祝禱，他終得走偏了路
那人身抱火球，明白眾人原來非關善惡
並且勢均力敵

公園裡的果實都早衰風乾
等不到鳥兒來啄，等不到冬季來試探
這些年間，池水有時紅
有時黑
眾人經過，眼裡映出不同的顏色
街上該清一清了，街上該來點破壞
公園管理人罷工許久
才堆砌出不尋常的荒涼來

那人有時在想，流淚能不能生產麵包
鞠躬能不能練就下腰
翻了翻身，當筋骨軟嫩
世界就不再有上下之分
夜晚向廣場枯葉偷偷透露的心底話
一早起來
整座天空的鴿群全都知道了

他繼續走路，想著該信託誰
祕密該傳遞給誰
公園的要道瞧似寬闊
卻徒剩大風肆虐
明明記得，一路上鄰人許多
那人倒背他們的名字

倒數他們的生日，咒語般吟誦——
惡也受孕，善也旁生
像一棵果樹上
孿生相應的兄弟

那人即將走到出口，卻忍不住回頭
想起公園是他最愛的地方
而昨夜之前
他還是個孩子

猶豫的酒神

水流

水流過去
露出時間的脊骨

柔軟的刀刃，在黑沙上
雕刻鋒利的切紋

遺忘的六月
被離別的六月
固執的影子，終於倚著岩壁露出
淺淺的疲態

再沉默的沙
也在海的試探下鬆動
對人世的愛，在遠方呼喚下
獻出蒼白的原型

被誰輕撫，又被誰帶走
徒留銀織的泡沫
夏天終歸是
猶豫酒神的季節

清明歌曲

不要被時間愚弄
它不過是節奏

跟著月光而走
它指向一條河流

有人在河流泳渡
一千顆頭顱

有人在岸邊跳舞
直到星火迸出

誰擁有自由
誰就踩著節奏

水面充滿眼睛
看人年少，看人年老
最後帶走所有

它唱自己的歌
雨點滴的強弱、透明音色
與時間應和

立秋

溪流上的小舟
多想如此不費力
就漂流一生
在綠蔭裡
照見昨日少年的影子

人世的形狀

我寧願與海是近的
不是對立的
能被贈予，也能接納

海擴展它的界線
傾力向無垠張手，向未知呼喚
然後沒入永恆的白裡
歸入朦朧的盡處

樹梢的細葉在搖晃
建築物震盪
我寧願恍惚，不願清醒
在洞悉一切、又欣然消逝的海旁

建國花市

星期天，走入人聲紛雜的花市
為了買一束
七日內便枯萎的花

塑膠膜裡的花苞如此飽滿，彷彿永生
向它伸長了手，踮起腳尖，指尖不斷向前——
不顧一切接近美
為求死亡

妳捧著花束，隔著人群
心滿意足地
笑笑回望過來

我站在失卻山林、窘促困頓的松樹蔭下
決定將親手，為妳盛注一盆水
在我們的家

文殊蘭的夏季

熔掉一枚戒指，告別一個人
淡淡清香的掌心

返回孤獨起點，潔白狀
如文殊蘭於夏季盛開

養在院裡的花事，儘管微涼小毒
捨不得放它走

同一花莖的蓓蕾，邊綻放邊枯萎

繁茂之心
盲目回應陽光的呼喚

忘記經歷寒冬
也忘記盛開的理由

一天

前方的人
還不知道大雨將至
用胭脂粉刷塗抹
消除種種生之跡象

濕透的灰黑痕跡
彷彿自有生命
沿肌膚脆弱的摺痕侵入
並且抵達深處

忘記名字的人
每天點一杯黑咖啡
坐在窗前
看再度陌生的風景

他們看了又看
成為肉色的靜物
在日光背後
響起一陣輕輕的雷鳴

雨的祭品

天雨不停
奪去所有乾燥的物件
手杖、帳篷、衣褲鞋襪、營火的柴薪
旅人的意志也
在雨的淺浪裡
放棄各種發光體

以手腳模擬長鬃山羊
肉身懸於岩壁瀑布
或於頻頻打滑的山徑上

逐漸習得
山羌受傷的鳴叫

夜晚，連視覺也被剝奪了
綿延無盡的雨聲
是黑暗忙碌的腳步
踩踏整座山林
打在脆弱漏雨的棚上
擊垮人的背脊。入山者以蟲蛹之形體
蜷伏於微弱多煙的火堆前
抑制體內泛起的
無條件降伏大雨的欲望

一滴不剩了——

原有生活、文明的固執和驕傲
沒有任何乾燥之物
發言的機會
尊嚴是，沉默視線中
手心傳遞的一杯溫酒

徒勞地倚靠
世界模糊的跡象
在意識的山坳，造一座塔
只有腳步輕晃的人
能夠抵達

雨與水與血與酒，重新將
旅人的記憶洗刷——

我們是羅穆盧斯與瑞摩斯
於河水裡飄盪
吸吮自然的乳汁
我們是
戴奧尼索斯，在酒神的祭祀中
成為出生兩次的人

宜蘭
孩子

此輯詩作，與justfont字體團隊「蘭陽明體」新字型專案合作——獻給宜蘭，我們共有的故鄉。

新戀

你隨意地舒展
像游過大海的魚
我已經準備好
要被你取悅

每一滴雨，誕生一道光
每一把傘下，都有依靠
每盞燈火，暗藏樂音
每間房內，蜜蜂釀蜜

四肢、肌膚、臉側、鬍渣
花卉、貓背、初雪、松尖

一條河流，漫無目的地
找尋出口
一座山卻悄悄
為它改變了形貌

福山

貼著山腰，小車悠悠柔柔攀升
嫩綠色、翠綠色
胖壯的葉片
吸飽了谷間的水氣

進入霜白色的境地
霧氣以各種形式降臨
碰著杈枒
化為野櫻、山茶、曼陀羅

碰著泥地
枯木和野芋

山內有湖，湖內有靜止的雲停駐
冬雨溫柔
為枯枝綴滿透明的冰花
林地溫柔
收藏行人紊亂的心跳
共謀一個，朦朧遙遠的春季

青草地上，山羌小蹄無限清純地
踏過雨露花苞——
有些事情正在發酵
例如，水的變換

我對他的喜愛

雲化雨化霧化露，化為
淺淺初生的伏流
消失了行蹤
雨落的時候不會痛
雨離開的時候
我願意與它一起走

一株樹蕨
全部都看在眼底
安靜地
搔著山的深處

臨海的家

今夜隨我離開，彼此相望
一起想起別人
一個暫居的空間
我們稱呼為家
夜的苦液
嘗起來甜

我的聲音，你說
像海浪前的金屬風鈴聲

被人掛起，半空懸吊擺盪
空廊的回聲，人離去形狀

你一笑，引發漩渦
海底起伏地形，過季牽絆記憶

褪去襪的裸足，浪花潔白
奔跑，像浪夢想上岸

以親戚之名稱呼你

像浪稱呼岸

相視微笑，在祕密之海旁
不再有夜，也不再有光

海的那一邊

我俯身大地
像個孩子

我俯身大地
像個問號

海的那一邊
沒有任何人，沒有任何
可以承認的事情

太陽落下來了
火焰烙在我身上
月亮落下來了
妳永恆的背影，所有光暈
狗兒奔跑吠叫
累了，在我的懷裡睡

像大海藍的那女人
讓我以為是大地
而踏入波濤的那女人
在千丈高、萬丈高的
海的另一邊

夜暗的紫海
向我傾斜，向我破裂
我俯身大海
讓妳在我懷裡睡

溪河中央

——武荖坑

像一隻蜻蜓，蹲踞在
濕潤的溪流石頭上
烏黑，晶亮，堅硬
細瘦的腳停在其上，以其單薄
護守巨大的祕密
彼此敲擊著心

溪河淙淙
水流泠泠

日以繼夜她們溫柔地
接納了
多少人的魂靈

我濕裸腳踝
在水中央
看遠處小兒成群，袒身嬉戲
年少夫妻環側陪伴
像是預習，還是追憶
粼粼的波光，應該溫柔
卻時常對我淩厲

人生短暫得
如一下午溪河的光影

不小心就濕透，不小心就沉默
在水之央，被整座河流看透
溪流依舊聲聲清鈴，守著祕密——

選擇一個故事
活下去

此生

我們不都是虛度昨日
以達明日之人嗎
不都是惶惶提起衣襬
立於臨水之淵者嗎

能有什麼理由
相伴以度此生
悽悽於樹梢上
呱呱以啼
啞啞之心

音樂自何處傳來
川上、崖邊、岩隙
眾多的裂口，嘗試突破我們
多風多雨的肉身

當雷光亮晃一閃，終於清楚明白
來時過往的身世——
我們不都是
捨身追求幻滅之人嗎

萍蹤浪跡的我們
已經濕透，卻仍抗拒相認
怕真一淚流，就不再存有
任何抵禦的理由

歲月如舟，天有流火，異域騷動
日月年年，代代遞遷
浮沫般短暫的我們
且在雷光之中，相倚此生
以度長河

溪畔浣衣

溪水繞過村莊裡頭
每一戶門前
它感性
卻又冷靜
在拐彎的地方
擱淺祕密

人們在溪畔浣衣
在清淺處洗滌

交換八卦、水花、赤裸的日常
一滴水經過層層衣物
從我的故事
流到你的故事

竹林是綠色的海洋
包裹屋舍、男人和女人
他們在聲響裡靜止
又在聲響裡動作
彷彿不曾好奇竹林之外
更廣大的天地

綠蔭中的他們
卻在竹林的浪濤中

日日彎腰，洗衣
明白溪水流通每一處人家
有它的來源，也有它的歸處

平凡無奇的日子、血脈相通的日子
沒有任何一處
多餘的情節

從出口
入場

引力

在海之前，用節拍器
量度時間

消波塊已經
習慣海的尖酸

海已經習慣
星體毫無惡意的反覆

是什麼吸引
風的運動
浪花撲進
你向我走來

世界發出聲音
我們向死亡走去
像鳥剛剛聽見
自己第一聲啼鳴

光束

雲系陣痛，生下許多閃電
它們凝結成一束光
銀亮猶如刀刃
朝最堅硬的岩層奔去

恆常不變者
恆常變動
以為緊握雙手、不再分離的
當驗明的光束來到

我們都如同裸露的孩子
朝荒野四散奔去

陌生的野地，生出荼蘼之花
像似曾相似的眼睛
黑暗、幽深
有神

大地震動，如夢境揭示——
我們的靈魂終於不再躲藏
朝無盡的破裂處
縱情奔去

Lucifer

明亮之星，清晨之子阿，你何竟從天墜落！你這攻敗列國的，
何竟被砍倒在地上！
——以賽亞書 14:12

星星也會墜落嗎。吾愛，
星星與星星錯過

廊前種植，繁茂花朵的煙火
隨時間流逝、刮傷、龜裂

如冬山雪層般
露出深藏熱烈的紋理

曾經帶來光明——
明亮之星、清晨之子啊
這樣彼此稱呼，親吻
開啓未知的生活

在空格裡填充
浸染生活色料的剩餘
日光下勞力生活，在白霧夢境中
接住搖搖欲墜的群星

牽手，沉默地走

星光閃爍
居住的小屋旁，映出我們倒影的
一座冷了又熱了的湖泊

疲憊的惡魔，每日放鬆地
坐在廊前藤椅
聽屋內黑色的旋律——

過度情緒的滴流，谷與谷的回音
印象派作曲

惡魔也愛玫瑰嗎。吾愛，
他種植你
眼底的煙火

週日的畫廊

穿寬鬆的白襯衫，在星期日
走進空無一人的畫廊
畫作上的線條
像窗外隨大風搖擺的秋草
黑與白
那麼分明
陽光刻在灰泥地板上的那一點橘
跳著、亮著

多麼不懷好意
像昨天在書頁上
遺留的咖啡印

那時，你問我
小說般讓人閃神的口吻
下一次假期
該擁有玫瑰、洋裝，還是給我
一棟綴滿閃電的
黑色的屋宇

窗外有人，推動大石
像日常練習
我推動我們的劇情

那麼費力

孤獨星球上，鑿穿一處
能透光的
有波浪褶皺的岩層壁
然後引入，綠寶石顏色的湖泊
填滿所有因假裝親密而起的
每個空隙

安靜很好，離席很好
把握空無一人的
中場休息
栽植不會因風搖擺的
庭院大樹

並在它的陰涼處
低斂眉宇，整頓表情
好迎接你
迎接等在門口的
蓬鬆光潔的星期一

然後，輪到你——
我的大風、無序秋草、黑白躁動旋律
你可以開口，推動大石一般
問我任何問題

給錯過的戀人

提著野餐籃
草上風吹，自然的流麗線條
黑色裙襬蓬起飄盪
像一朵蕈，乘風在
青綠色海洋

曾提筆畫過窗前的景色——
起伏的遠山、房舍
或明或滅的燈

稚拙的線條、青春配色
一起在至高點，造自己的都市

閉上眼睛想你的時候
或許是睡前，祈禱
或明或滅的幽微文字
偶爾，晃動
像浮萍形狀的金花開

今天是第六日
在時間中，繼續錯身
負荷已經被寫成的歷史
明天就應該
歇了一切創造的工。重生在

安息的、被祝福的第七日

所有事物都被完成了
沒有結束的
也已經被完成了

我們觀窗、並肩、無言
喝著熱咖啡
窗外風吹金花落
一名黑裙女子，帶著迷濛眼神
從遠處走過

失樂園

下樓一看，水從地板上淹起來
（有魅力的水溫）
右邊是窗內的圓弧樓梯
左邊是新造市鎮
還剩兩小時二十八分才會滅頂
要決定下一個夢境
跌落哪裡

第一關
黑色的海綿

吸走所有行走的人
第二關
光從屋子背後來
把人變成角落黏附的青苔
第三關
模型攤開
所有的渺小合力將人壓倒
第四關
剪接師的失蹤
獲頒年度最佳災難

不要直視廢墟
那裡多像歸宿
雜草吞噬石塊

黃昏注視人群

記憶和哀慟凝結成
堅固的磚和石
一磚一瓦建造，一磚一瓦敲除
用盡所有力氣
設計專屬廢墟的細緻性
被遺忘的頹垣，在孤寂的撫摸下閃閃發光
勝利者在月光下漫步
拋棄天上的幸福

幽明錄

——歪仔歪社聚

芭蕉葉肥嫩碩大
以六朝荒誕氣勢
掀一頁
詩人躲藏的幽明錄

一陣白煙從樹根升上
一陣白煙從樹梢降下
詩人抽菸
菸抽人詩

陰影裡有人聲用力朗讀，填空世事
古早寶綠色電風扇左右擺頭
把詩句吹成斷句、再截成孤字
風這麼說：
噗——不——
連它都知道，所有的答案不曾令人滿意

畫冊在木桌上攤開，小心翼翼
招來東洋急雨
行人披著蓑衣斗笠，彎腰駝背
白雨、虎與、春之雨
來人是妖，來人是神
夜雪、雪晴、朝之霧
古人遁仙，後者聞道——

在關鍵時刻，琥珀色的茶漬
偏偏令我分神

詩人偶爾團聚，大膽不著邊際
以科學家精神，人體試驗
有形無形之象——
看美酒如何
變成墨痕
如何枕柏幻夢
不復歸世

小傳記

有風吹過，讓人傾斜
讓人皺著眉頭微笑
讓你以為
我愛過——
那是誤解，
我懷疑——
那是正解。

焦慮從萬里無雲的晴天
一個個掉下來

像埋伏多時的烏秋
墜落，追擊，飛撲——
它們帶我一次次，離開地球表面
大步跳

鄰人看著鄰人的氣球看著鄰人的草坪帳篷看著鄰人的泳池看著鄰人新切的蛋糕
看著鄰人的——
氣球碰！

並肩斜望，偷偷打量
旁人的面具
看這次誰假裝最不寒冷
誰撐得住時尚

戴起帽子
從出口入場
沒有人能阻止誰誤解
誰以為猜透

家庭

——給植田正治

是否
世界的歪斜
就是它的秩序

沙丘上有風吹來
變出紙牌
在燈下我曾經亮牌，為你洩題
早早就認栽
認清不能克制自己

也不能違背命運

白色的風吹來，生出
海面上擁有銀色翅膀的群鳥
寒色的浪打來
我們這輩子的孩子，站在海前
思索他人生第一個哲學問題

我彎腰
我執物
我坐在沙丘上
對著鏡頭笑
誰說裸露就是色情
超現實就不能銘刻記憶

這是我的生活
我的一輩子
導演自己的人生
等待妻子日正當中，穿著禮服
踏著沙
款款向我走來

她有工作，孩子有槍
孫子有腳踏車，孫女有花
孩子們全都一臉迷惘
我有雨傘與氈帽
完整的家庭，站在沙丘之海旁
便不怕遠方的戰火
自夢境的黑波偷渡而來

桃樹

斜打的風勢
翻出
我柔軟的背面
你在夜裡，再度造訪我

蔭下的我，必須柔嫩、並且美艷
熟紅的臉頰
似血絨面
從黑暗出生，逆天的美果

多麼濕潤
你在丟棄的時候興奮
核果落下——
泥地出生、島嶼出生，為杏白的肉身
雕鑿時日。
江河出生、霧和船也出生
像遠行的夢，昨日童年。然而
有清甜香氣瀰漫
你細長美麗的指尖在夜間
讓一切多麼濕潤

這樣愛了，所有的苦痛都見證
這樣給了
神話的鳥羽，一直在耳旁

窸窸窣窣
指引離開的路徑

然而夜墨濃如酒，你在身旁
迎接火和燭光的試誘
代代的男人要求
代代男人得不到線索

黎明守在窗外，窺視依舊
伺機一見，真實的面容——
彎曲逆長的枝條
嶙峋剝落之貌
以蒼老身，日日迎風接雨

孕育你所愛的
一季的花果

歸屬的時間

天寒地凍的我們
沒有別的用途
只能站立
想像果實終究熟成
蜜桔色的對話
又終將展開

我們站立
在別人的支點上
脆弱地搖晃

面朝黃昏，滿臉幸福
彷彿時間也變成一種
可供選擇的方向

藍色的我們
結實成塊
桃色的我們
可以淋漓
走過他人的院子
沿途滴下可疑的氣息

或者我們終將柔軟、轉化、躺下
結合成含糊的色澤和形貌
再不用解釋

再不用分別
暈白月光落在白床單上
皺亂之處，有沒有空缺
而這樣微霜的深夜
該歸屬什麼溫度和時節

祕密的時光

0

因為喜歡啊
所以搖搖晃晃
所以視線相遇時，假裝的輕巧

但是天將暗了，準備好了嗎？
一起閉上眼
思念在黑色的大地上
浮現一座寧靜的、微光的湖面

唱一首溫柔的歌曲
鋼琴家的手指
撫摸過冰涼的脊背
像一朵降臨山間的雲
細密、溫柔地
降下一陣甜蜜的小雨

1

因為喜歡啊
所以分享同一片草原
所以盡情奔跑

在原本命中註定的黑當中
投下光束，讓星星反覆穿梭

在我們之間終日閃爍
連結此地與彼地，擁抱情不自禁的
雀躍喧騰的思緒

唱一首熱烈的歌曲
拿起銀質湯匙，在焦糖表層
敲出一個洞
讓矜持碎裂、羞怯碎裂、距離碎裂
露出相互坦白的
綿軟的內心

2

因為喜歡啊
所以碰碰撞撞

所以記憶斑駁交錯

把心彼此交付——
送給你，一座漆黑的盒子
將光的動靜封印在
薄薄的冰層之下

那就這樣，唱一首曲折的歌吧
猶豫的冬季，在彼此身上雕出刻痕
讓春天掩蓋，所有隱藏的希望
但我們並不是一個人
面對無序的大風
不錯過任何時候，共同等待
偶然透出的彩虹

0

大地上
又有誰在唱歌
歌聲從來沒有停過

出生和死亡，是永恆未知的謎題
在祕密與祕密之間的時光
我只想要
好好和你度過

火苗的洞窟

瘟疫蔓延時

和平的日子
地平上升起煙硝
提醒日頭會老
運氣會少
碰觸花朵的
光亮的鐮刀

香菸、相片、信件
還有什麼事物
比希望更加危險

黎明降臨世間
也被世人
感染死灰的眼神
分辨誰見識過地獄
誰只能相信天堂

上帝從我們身旁經過
低頭若有所思
像任何一位經驗豐富的老農
揣測天候
掂量此季作物的收穫

鬼日子

有天明的時候，有天暗的時候
等說完鬼故事
鬼就不見了

有能孤注一擲的事，有只待忘卻的事
每每撫摸床角
憂鬱便長出腳來

有受傷者，有耽溺被傷者

鞭子拿在手上，是痛還是快感
要逃還是撲上來

有見不到的人，有見不得的人
大家圍圈，睜著明亮雙眼
一團和氣聊天氣

有好日子，有壞日子
穿絲絹睡袍迎接藍天清晨
不知道今天
會不會跟鬼面對面

焦慮

一株病菌
侵入我的皮膚
順著血液而上，多賣力的探險家
攀尋骨架
抵達我的顱骨

它多旺盛，毫無選擇
和我一樣
只能往前再往前
瞪視前方

聲音從何而來
順著它的號令
踩踏過原野

最害怕的事情
一分為二
成為我所羨慕的

我不鼓勵，亦不灌溉
它卻兀自長成
荒地裡最碩大的形體——
我自己即是上好的肥料

我欣賞它

狂亂奔跑的樣子
野地之中，奮發絕命的惡狼

夢境總是如此——
我在誰手裡
愈爬愈高
我追逐，像日晷的影子
咬著自己
一圈又一圈的尾巴

躲貓貓

在一望無際的草場
玩躲貓貓
遊戲中，輪流隱身
輪流當獵人

將最喜愛的事物藏起來
只是剛好，有時候
最喜歡的是你

無邪的老虎，野性的羔羊

在無窮循環的犧牲中
找尋樂趣

懲罰給予權力精準性
使現實變輕、傷口美麗
讓關係鮮明立體
執手刻劃出
每個未來的紀念日

吵架的祕訣——霜凍、壓榨、風乾
我們配合命運，用盡方法
讓彼此滋味濃郁

共同尊重遊戲規則，若心有餘力：

一個呼喚，一個閉氣
一個誘捕，一個閃避
漂亮的雙人舞
一退一進

當鬼迎來恆久沉默，當人不再藏躲
平庸是幸福——
在遊歷天堂之後

牡丹花下

愛你的裙襬，穿越門廊時
絲質的聲響
厚重的、欲擒故縱的
重瓣的牡丹

翻轉，一個親吻
讓死靈回生
黑暗之中
嘆息接連嘆息，破折進入
火苗的洞窟

讓生命延展的
是力氣、歡欣、還是慾望
玫瑰花叢下，低頭
灌溉汗水
謙卑地生長，昭然若揭的祕密

乏人照料的花園，終於擁有長歌
雲雀、布穀鳥及黑鸝
沾濕大理石雕像
冰涼的胸膛
哀哀啼叫的冬日
飢餓顫顫的春日
罪惡教我們如何禱告

妒忌使我們尋得美貌
不知曉野地毒性的我們
辛勤種植樹林
養育龐大幻覺的基礎

在最美的事物中勞動
在黎明時復歸沉默
陰影裡的鋼琴，於日影交替之際
短暫奏起
缺陷的合音

晚間餐桌

伏在一副女體上
你的汗，與她的汗
交融，匯流
如同一座迷你的鹹味海洋

然後喚我如常——
寶貝。
魚群迷失了方向
浪遊者遺失了故鄉

是怪物還是愛人
再黑的夜也要歸家
從我的身體長出琴弦
後悔的人可以用力彈刷

吃掉一條魚
埋葬一條魚
一半的事物注定被浪費
一半的事物沒有機會

發現死物的興奮，是無法抑制的
洩漏劇情的罪惡，是無法洗淨的
被海誘惑的人是
永遠飢餓的

為慶典而生的蠟燭，消逝即是完成
是愛人還是怪物
寶貝——
他們都喜歡慶祝

黎明之前

當決定冒險
夜晚就生出自己的意識
長成一條琥珀色的河流
晃漾著旅人
路燈閃爍的瞳眸

碰觸指尖，忘記桌上的蛋糕
碰觸酒窩，桌上半乾的紅酒
交談、交談
微醺的唯一理由

你對未識之事傲慢
我對無知之事虔誠
異教徒來到陌生之城
瞬間擁有
信仰的笑容

我們知道分別的路
知道夜晚的大風
卻用眼神仔細聆聽
彼此密室的脈搏

我只在意你
月光下的睫毛
明亮的額頭

在我身邊躺下，所有的錯誤
都有了解答

一切都不存在
一切才夢幻
為了永遠記憶
失去彼此
是必要付出的代價

愛上你時，提起墓園
分別時，提起婚禮
第一道日光將抹除，所有星塵的足跡
這是我們，唯一的失誤——
對陌生的夜晚
不小心太過誠實

梅樹

我們一起在夜晚
開窗
看一株梅子樹

昨天出生那般光潔的
嬰兒藍月亮，輝映
院內銀白森冷的枯枝
徒然浸泡一季的冬汁

明明空缺
並著肩，我們卻看見
它結實纍纍的一天

有酒，也許
在品嚐之前就已經醉
枝條纖細、精實
如你桌面之下
蒼白病美的小腿

夜晚與夜晚交疊
碎片與碎片嵌合
你我是相互暈染的墨色
彎腰俯就成一條河

在極濃盛時刻，梅樹彷彿忘卻時間
一瞬綻放於窗前

我們一朵酒、一朵酒地喝
將銀藍色的星
鑲進墨黑的肉身
一點、一點地亮起
黑暗過久的身體

輕巧搖晃，就微醺發熱起來
閉眼睡入那樣的河流
滋潤、漫溢、沿淌，不在意有無形狀——
任天明迫在眼睫
窗外梅樹枯萎

太空人

你離開之後
遙遠的星空，彷彿第一次看到
攤開空缺的掌心，在地球儀上
投下巨大陰影

抹除窗戶上的霧氣
為自己製造一個
今日的太陽
就連太空人，也需要一個
站立的位置

卡式錄音機開始旋轉
腳踏車開始旋轉
地球旋轉
七月、六月，森林的陰影
第一次的旅行
倒退的風景

夜裡作畫，腦海所有的草圖
都關於你
星空與星空相連，如果可以
回到一個
不曾擁有的記憶
「我在這裡，我在這裡」

就連太空人
也需要一席之地

雪花片片降落
它們要建造一個，屬於它們的星球
那裡什麼都沒有
只有地平線，月光白的
地平線
無限延展而去

那樣的白適合奔跑
那樣的白填滿一切
放聲吶喊，於空寂之地——
我在這裡

星座在無人的夜裡
兀自旋轉、旋轉
你為我留下這首
隱藏的歌曲

甜柿

人生不過是一顆甜柿中
孤寂的落日
將來的風還壓在箱裡
與過期的記憶一同看守
未被拴鍊的獵犬

鐵鍊的撞擊聲，在每個清晨時分
竊賊般響起
碰在門前地板的叮叮噹噹
小小加壓，不堪負荷的神經——

人臉上還能微笑

秋天永恆駐紮在公園裡了
連水，在這裡都變得
像是奢侈品
我用手舀起，小心洗滌
上次擁抱殘留的溫暖
不留任何空間
讓冰有機會成形

愛表示遺憾地，在衣櫃裡震晃
陰影也有意志、有主張
強烈要求
說出缺席者的故事

我搬出一張摺疊椅，坐在陽台
看落日給我們的訊息
切一盤甜柿
成為它餘暉的子民

旅館 204

前途漫漫，一條筆直公路
如何都結束不了
我踩著油門，瞪大雙眼
直到世界霧茫一片
像一朵花
溫柔的滿月
暈醉的光線
像三歲時的後院

院子裡的樹根間隙，埋下

一顆顆芭比娃娃的頭
一個個並排仰望天空
沒有星星的夜晚，她們在泥土中
代為眨眨眼睛

沒有奔跑過的人生，不曾被追趕
沒有汗水、泥濘、悲戚
身體裡沒有心。糖衣什麼時候
破壞人的童年
我曾告訴最好的芭比朋友，永遠、永遠
「不要欺騙我」

筆直公路，像一把箭
射入純粹的黑夜中

獻身般——
我持續瞪大眼睛，黏附墨汁的眼睛
抓緊方向盤，等待哨音
樹林騷動，終於
似有獵物，以緊盯獵物的方式
觀察我

結束不了的長路，每盞錯身的街燈都在
緊張地眨眼睛，金黃扎人的光線
像朋友曾柔順漂亮的長髮
走進商務旅館
撕開物件光亮的封套
窗外有人哭，哀哀
孩子？女子？人之子——

將黑色手槍
放黑皮聖經上
永遠、永遠——
有我們需要的童話

報信天使

毛皮瑪麗

白晝是一場帶不走的短夢
我建造房舍，在房間裡
做自己的導演

褪去毛皮，如此白皙修長的腿
在有星星的室內舞蹈
橘紅色垂墜裙襬，包裹人魚新生的雙腳
遺失的是夢想，還是肉體
哪一個才是真正需要？

把魚放進浴缸裡放生
蝴蝶放飛到密閉的草原
孩子，你聽——
「只要能飲酒作樂的地方，都是學校」

你是有玫瑰形狀的惡靈
有惡靈面貌的玫瑰
被人供起，被人賤棄
喜愛高貴東西，瑟瑟發抖的模樣
你的紅唇是酒杯裡的燈光
忽滅忽明
歡快時總忘卻
屋裡孩童的眼睛

他聽見，陌生的屋外下起雨了
下起砲彈
鄰家的戰爭，用得上傘麼？
雨滴了又滴，孩子愛聽
撐傘出門（即使你搖頭說不），快步離開
被你害的人，等著為你撐傘
拿被折磨的事物當寶
是家族歷代的遺傳

一張椅、一束花、一座乾涸的浴缸
咬過一口的蘋果
你為自己留存的邊界
扳開手指，在空蕩的房間細數奇蹟

那麼長的半生
單手就夠用

白晝有雨，你最好的笑容總像哭泣
不得不出門的日子
記得
把自己留在鏡子裡

伶人

他們第一次決議
少年的愚行
是經命運同意的預謀

他們設定，人要經歷羞辱
要逃離家園
才獲得裸體癲狂的自由

寂寞的人抱著受傷的人哭
後悔的人茫茫於水邊

像乾枯的樹木相互依傍

弄人、智者、父子、國王、狗
扮演他者的時候
才真正擁有自己的面容

他們在我裡面吶喊——
冒險、前行
此後前方
無一處不是路

心緒如荒野輕煙
天上有光，光有血色，人走入光中
隱沒在極遠的更遠之外

無花果

在頌詞過後
所有事物都被祝福
推辭不了的
幸運的不自由

情人的玫瑰、草莓
幸福的
被摘落的意願

夜晚加上燭光，誘出

獸樣人身的孩子
但他也不樂意
也號哭地來到世上

遲到的報信天使
藏身於樹後面
一手拿蛇
一手紅蘋果

衰老的亞當和夏娃
身著金屬色澤的禮服
坐在平行相隔的兩邊

他們沉默，像有智慧的人——

眼睛明亮之後，便不再坦身面對
他們開口，合唱
對萬物的頌歌

森林戀歌

森林發出
善於回聲的藍光
酒吧裡的歌手，一直削著
長長的白蘆筍
蘆筍的春天，未曾採擷
未被獻上

夏季擊打陰影
方糖在最喜歡的瓷器裡消融
不能告別而

不留下任何線索
影子的涼意，最終還是
成功戰勝了我們

烏鴉的啞笑
召喚出
戴手套的女士們
長長的手指，如嫩白的蔥
敲擊秋天的背脊
她們之中，只有一位美麗

最好是震驚
被世界歸類為廢墟
誕生於冬季的巨人，躺著

遙想夸父——
還能奔走，還能無望
大提琴在落幕之前，給出一個無節制的
抒情的長音

雨水

被綠色之火
燃燒的稻殼
像是剛被包妥
獻祭的花束

太陽之神
今日喜愛
金屬風味、腥紅色的
薩克斯風樂音

草木萌動
是水
鍍上了銀波
精靈以溫柔的速度滑行

危巖之秋，從尖端凋零
乾涸之冬開始
恢復河流的記憶

森林孕育
創生的眾神
放出第一隻火蝴蝶
飛過雨，在緩板之後
進入春天的變奏

早晨

趨光植物，在一天的起頭
想像自己是——海波
還是桃子
皺褶間
蘊藏的內容
端好自己的臉
小心地走

碎花生活

穿短襪的少女
擁有她值得的
漂亮碎花短洋裝

她期待過愛戀
卻不曾期待現實，讓她
羞恥低頭
反覆擦桌子
讓嫉妒趴在身上
疊加晃動

他人的生活是表演
表演中的暴力
沒有人制止
悲劇釀成後
人才懂得愛慕

白床，床墊，白床單
乾乾淨淨的
生與死的交界

坐在床上，翻開書頁
恍惚中，讀一則似曾相識的
床邊故事

對白

我認識你
我愛你
你可以更聰明地說話嗎
我抱怨將來的一切

請自我介紹
憂鬱強迫，自大自卑，見你小恐慌
休閒嗜好是
害怕卻依然，宅與探索你

我喜歡林地裡的月光
毒蛇不在森林裡
或海邊浪花的聲音
時間偽善，只有流逝塌陷的沙誠實

我有刀
我有刻痕
我開始用性思考自己和宇宙
我不要尊重，我要玩弄
被撕裂——你是經過許可的暴君
你幻滅時發出美妙的聲音

我要求檢核你的思想
你偷窺我的手機

意外看見絕望的春天
我承認總為美景駐足著迷

我想起小時候
我第一輛玩具車
爸媽爭吵的時候我躲在門後面
你蒼白的臉像母親

不要流淚
人只能順從需要，並且熱愛道別
我終於開始認識你了——
嶄新的意志的囫圇

從黑夜開始的我們會有希望嗎
每日每日，垃圾車都經過
每日每日都想放棄
最多，是留一道不上鎖的門

我只剩未來可以失去了
死了的東西會一再回來
我愛你
再說一遍，我想聽

婚姻場景

獸群的腳步
踏過嚴肅的冰河
過於歡樂的冰河
牠們尋找被藏起的
斂翅的眼睛

我愛你愛我的表層
勝過我的內在
悲傷列隊而來

破裂的時候
發出好聽的聲音

擁抱也碎裂
親吻也碎裂
忍耐碎裂
退後碎裂

碎裂的樣子如純白的星系
愛是碎裂的
好看得令人著迷
牽手走過冰河，赤腳
貼近那冷

獸群低鳴
摀嘴
讓愛發出好聽的聲音

十一月的家庭劇

「人生已經夠苦了，就不要再吃苦了。」

凌厲的十一月，帶著水氣的風
覆蓋在家裡黑色的磚石上
結束不了的話語
都長出一層，更堅硬的膜

生活像削完皮的蘋果，擺在餐桌
毫無防備地裸露最甜美的
連碰觸空氣

都劃出一身瘀傷

「妳兒子已經變成這樣了，如果妳還在，會怎麼辦？」

屋內已經空了
我們收拾那些，最輕便打包的
最沉的那些堆在角落，還不敢碰
灰塵積在梁柱上，在壓斷屋脊之前
開出瑰麗陰翳之花
彷彿妳夢想的花園

紙箱打開，空間放出巨大的回音
我們豢養虎視眈眈、來回踱步的獸

代替彼此相伴
加點鹽，加點水聲
你連沉默
都捨不得說

「你沒說、我也沒說，那不是扯平？」

喝點奶吧，在乳上塗些糖水
做人父母的，不小心就會
過完一輩子

你再次皺眉，像家庭相簿裡你還是嬰兒
哭皺了眉
冬季的語言來臨，冰冷的、刺傷的、堅硬的

每一句都是我教導你，啞啞學語
聽你說，彷彿昨日頭一次——
「阿爸，我回來了。」

黃昏歌聲

垃圾車每天都走過逸仙橋
也走中正路、渭水路、凱達格蘭大道
帶走與它們無關的東西
帶走昨日的廢棄
一視同仁、在它們身上
唱歌經過

國旗印在布上
高高舉起，獻給日曬和風雨

切割裁縫，製成私密衣褲
從信仰到日常需要
給足22公斤的榮耀

把金屬鑄成雕像
製成茶器和鍋具
有些拿來仰望
有些拿來火煮煎炸

黃昏時分，滄海還沒成桑田
我守在屋前
聽音樂準時響起
竹林沙沙搖頭

下一秒又沙沙點頭
經過的風吹啊吹
無聲地書寫

相片

像死亡一樣
直擊已漸漸沉默的心臟
用以愛的，火的顏色
硫磺氣味

在鬆軟指節的敲奏下
逝去的宴會重新開啓
蜜蜂重新
現身於我們的花園

我已經年老到
只一個想像即能復生
還不是恐懼、貪欲、憤怒
而是永恆莽撞的幻想

點燃絲線上，全部的震顫——
異國的酒、林間燭光、離人的眼眸
以多苦痛的斷裂
來停止水流的記憶

風吹過窗簾，來到腳邊
下午的光靜靜，守候在相框邊緣
大膽的想望——再次的主角
在光線消失前
所有的小事都為我們伴奏

附錄

對照表

序曲——物象

〈白〉……白

山勢起伏——山景物象

〈祝福〉……山，加羅神社

〈木〉……檜木，加羅神社

〈家族聚會〉……淡蘭古道

〈寂靜山徑〉……陽明山夢幻湖步道

〈林間〉……林

〈矮人的動態〉……蘑菇

〈山丘〉……櫻花陵園

〈公園——致香港友人〉……大安森林公園

猶豫的酒神——水意物象／節氣

宜蘭孩子——蘭陽

〈新戀〉……戀人

〈福山〉……福山植物園

〈臨海的家〉……內埤海灣

〈海的那一邊〉……王攀元《海的那一邊》

〈溪河中央——武荖坑〉……武荖坑新城溪

〈此生〉……大事件——黃土綸個展

〈溪畔浣衣〉……藍蔭鼎《溪畔浣衣》

從出口入場——繪畫／展覽象

〈引力〉……八木良太《海與節拍器》

〈光束〉……大事件——黃士綸個展

〈Lucifer〉……江賢二：回顧展

〈週日的畫廊〉……Alina Vergnano 作品

〈給錯過的戀人〉……Joey yu《Amy and Finn》

〈失樂園〉……失樂園——當代城市文明的凝視與寓意

〈幽明錄——歪仔歪社聚〉……歌川廣重《東海道五十三次》

〈小傳記〉……植田正治逝世20年紀念回顧展

〈家庭——給植田正治〉……植田正治逝世20年紀念回顧展

〈桃樹〉……桃樹春秋——柳美和個展，伊邪那美神話

〈歸屬的時間〉……Nicholas Wilton 作品

〈祕密的時光〉……莊志維《思念習慣》、《思念無限》、《思念烙印》，「思念是一首歌戶外演唱會」委託詩創作

火苗的洞窟——電影

〈瘟疫蔓延時〉……《1917》

〈鬼日子〉……《寄生上流》

〈焦慮〉……《1917》

〈躲貓貓〉……《傑克蓋的房子》

〈牡丹花下〉……《魅惑》

〈晚間餐桌〉……《羊之木》

〈黎明之前〉……《愛在黎明破曉時》

〈梅樹〉……《海街日記》

〈太空人〉……《隻手探險》

〈甜柿〉……《無人知曉的夏日清晨》

〈旅館 204〉……《破案神探》

報信天使——戲劇／舞蹈／音樂

〈毛皮瑪麗〉……曉劇場《毛皮瑪麗》

〈伶人〉……當代傳奇劇場《李爾在此》

〈無花果〉……Robert Wilson《Shakespeares Sonette》

〈森林戀歌〉……Robert Wilson《Shakespeares Sonette》

〈雨水〉……《須川展也　演奏生涯35週年來台獨奏會》

〈早晨〉……張匀甄與創作夥伴《膜》

〈碎花生活〉……許育瑄《Apt. 216 × Casual Casual Casualty》

〈對白〉……Robert Wilson《Shakespeares Sonette》

〈婚姻場景〉……二律悖反協作體《康乃馨首部曲　婚姻場景》

〈十一月的家庭劇〉……《十二碗菜歌》

〈黃昏歌聲〉……《Hamilton》

〈相片〉……貝多芬《C大調第九號絃樂四重奏，作品59之3》

後記

《白T》詩作集中寫於二〇一九年四月至二〇二〇年間，對照表所列各領域藝術創作，為此期間相遇者。未盡代表特定美學傾向，仍是有幸，深深感謝。閱讀時，可以尋蹤，但也不必然須要參照，自由選擇喜愛的鏡面。

另特別感謝字體團隊justfont、莊志維專案合作，文化部青年創作獎勵補助。謝謝每位推薦人，謝謝一起初覽討論的彥如、栩栩、珊珊。

謝謝　。

AK00331

白 T

作者 —————— 吳緯婷
執行主編 ———— 羅珊珊
校對 —————— 吳緯婷、羅珊珊
美術設計 ———— 吳佳璘
行銷企劃 ———— 吳儒芳

總編輯 ————— 胡金倫
董事長 ————— 趙政岷
出版者 ————— 時報文化出版企業股份有限公司
108019台北市和平西路3段240號4樓
發行專線—（02）2306-6842
讀者服務專線—0800-231-705．（02）2304-7103
讀者服務傳真—（02）2304-6858
郵撥—19344724時報文化出版公司
信箱—10899台北華江橋郵局第99信箱

時報悅讀網———— http://www.readingtimes.com.tw
思潮線臉書———— https://www.facebook.com/trendage/
時報出版愛讀者—— http://www.facebook.com/readingtimes.fans
法律顧問————— 理律法律事務所｜陳長文律師、李念祖律師
印刷 —————— 勁達印刷有限公司
初版一刷———— 二〇二一年九月十日
定價 —————— 新台幣三八〇元

白T／吳緯婷著；— 初版 — 臺北市：時報文化，2021.9
面；公分 —（；） ISBN 978-957-13-9365-0 （平裝）

863.51 11001379